CB066770

A METAMORFOSE

Adaptação de
João Gomes de Sá

Apresentação de
Rogério Soares

Ilustrações de
Severino Ramos

NOVALEXANDRIA
São Paulo – 1ª edição – 2022

Título original: *Die Verwandlung*
© *Copyright*, 2014 – João Gomes de Sá
Em conformidade com a nova ortografia
Todos os direitos reservados.
Editora Nova Alexandria.
Rua Engenheiro Sampaio Coelho, 111
04261-080 São Paulo SP
Fone/fax: (11) 2215-6252

Site: www.editoranovaalexandria.com.br
E-mail: vendas@novaalexandria.com.br

Coordenação: Marco Haurélio
Ilustrações: Severino Ramos
Editoração Eletrônica: Viviane Santos
Capa: Viviane Santos sobre ilustração de Severino Ramos

Dados Internacionais de Catalogação na Publicação (CIP) Angélica Ilacqua CRB-8/7057

Kafka, Franz, 1883-1924

   A metamorfose / adaptação de João Gomes de Sá; apresentação de Rogério Soares; ilustrações de Severino Ramos. -- São Paulo : Editora Nova Alexandria, 2022.

   40 p. : il. (Clássicos em cordel)

ISBN: 978-85-7492-388-8

1. Literatura austríaca 2. Literatura de cordel 3. Literatura infantojuvenil I. Título II. Sá, João Gomes de III. Soares, Rogério IV. Ramos, Severino

14-0534   CDD 833

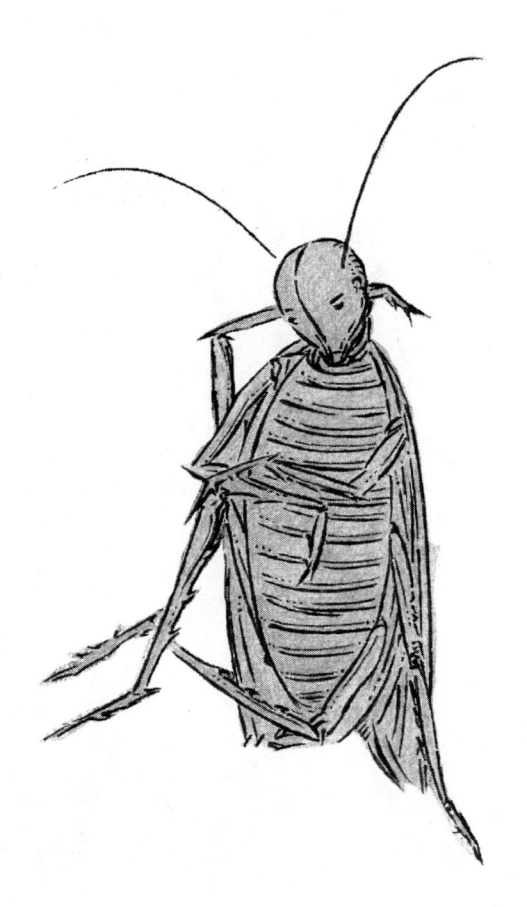

APRESENTAÇÃO

PARA COMEÇO DE CONVERSA

Crítica à instituição familiar. Rejeição à opressão do trabalho. Sentimento de reprovação ao modo de vida burguês. Alienação da sociedade moderna. Violação dos sonhos e utopias pelo princípio da produtividade imposta pelo mundo capitalista. Incomunicabilidade. Esses são alguns, mas não os únicos temas facilmente encontrados na novela fantástica, *A metamorfose*, escrita em 1912 pelo escritor tcheco Franz Kafka.

Ancorado em um realismo ilógico, que não dispensa o uso dos recursos de acontecimentos insólitos, a história kafkiana narra a trágica transformação vivenciada por um dedicado caixeiro-viajante, Gregor Samsa, que, ao despertar para mais um dia de trabalho, se vê aprisionado, sem nenhuma explicação, no corpo de um "monstruoso inseto". Samsa é arrimo de família. Seu pai, sua mãe e irmã vivem às custas de seu laborioso serviço e minguado salário. Quando ele, ensimesmado pela transformação, não consegue levantar-se da cama para o trabalho, todos de sua casa, sem suspeitar ainda o que havia ocorrido, se assustam. No trabalho, o patrão reclama sua presença. Enquanto isso, Gregor Samsa vive horas de angústia em seu quarto, sem saber como livrar-se do aspecto grosseiro e bestial que o seu corpo pouco a pouco assume.

O que se segue, depois desse despertar, são indiferenças e horas de opressivas cobranças familiares para que saia do quarto e cumpra suas urgentes obrigações. Considerada por muitos como uma obra genial, *A metamorfose* justifica todos os elogios. Kafka conseguiu transformar um argumento absurdo — a transformação de um homem em inseto — num registro rigoroso da dolorosa condição do homem moderno, subjugado pelos caprichos sociais e impelido pelos males do mundo, a ponto de sentir-se transformado em um ser repugnante.

O LIVRO E SUA ÉPOCA

Franz Kafka escreveu *A metamorfose* em 1913, mas só o publicou em 1915. Nesse período, sua terra natal, Praga, era a terceira maior cidade do grande Império Austro-Húngaro, governado pala dinastia dos Habsburgo. Este vasto império, surgido da aliança entre as nobrezas austríaca e húngara, firmada em 1867, compunha-se de um amplo espectro de culturas, línguas e anseios nacionalistas.

A dissolução do Império 1918, após o fim da Primeira Guerra Mundial, por imposição do Tratado de Versalhes, fracionou as várias culturas e nacionalidades que cobriam a região, criando 13 estados-nações independentes. Um desses estados foi a República Tcheca, cujo surgimento Kafka ainda viveu para testemunhar. Centro mais avançado da industrialização do Império, Praga concentrava boa parte dos serviços burocráticos do estado. Empregado de uma empresa de seguros onde trabalhava como jurista, Kafka conhecia muito bem esse ambiente. Embora tenha vivido sempre nesta cidade, ela só aparece referenciada nos seus diários pessoais, nunca em sua obra literária. Porém, se ela não surge de forma direta, encontramos em seus romances a atmosfera fantasmagórica de suas salas de negócios, suas ruas labirínticas e clausuras domésticas, impostas pelos afazeres cotidianos e burocráticos.

Os eventos incomuns que irrompem de seus romances parecem ter sido retirados diretamente da experiência pessoal do autor com essa realidade enclausurante de leis e ordem social que oprimem o homem sensível, cujos valores são incompatíveis com os caprichos de uma humanidade extraviada. Kafka captou bem essa ambivalência de forças entre o homem e a sociedade. Em sua obra é comum vermos os seus personagens em embate contra as influências institucionais: família e estado, principalmente.

A METAMORFOSE EM LINGUAGEM DE CORDEL

A setilha, estrofe de sete versos, não é a modalidade mais comum no universo dos cordelistas. A predileção, geralmente, recai sobre as estrofes de seis versos, chamados de sextilhas com metro de sete sílabas poéticas, a redondilha maior. Consagrada pelos autores da literatura popular em versos, a sextilha abraça quase toda produção dos cordelistas.

A escolha da setilha por João Gomes de Sá para recriar em cordel a incrível história do caixeiro-viajante Gregor Samsa é, portanto, muito apropriada. O incomum da forma poética adequa-se ao inusitado da narrativa, tecendo uma trama em que forma e conteúdo se unem para prospectar mistérios sombrios da alma humana.

Quando o dia amanheceu
Por demais enevoado,
Gregório Samsa acordou,
Deveras incomodado,
Da cama não levantava
Porquanto seu corpo estava
Totalmente transformado.

A releitura de João Gomes de Sá vai além das preocupações com a forma. Aliado à melhor tradição poética da literatura de cordel, que tem em Leandro Gomes de Barros seu maior expoente, Gomes de Sá, consegue recriar a atmosfera claustrofóbica e de emparedamento dos homens em meio às exigências de um mundo insensível e cada vez mais desumano.

Que profissão cansativa
Remuneração ruim!
Eu vou pedir demissão
Senão será o meu fim!
Mas não faço esse pedido,
Pois tenho compreendido:
Todos dependem de mim!

Digna de nota também é a insubmissão do autor Gomes de Sá ao texto original. Com a convicção de quem sabe que nenhum texto adaptado é inteiramente fiel à sua fonte, ele toma a liberdade de intervir na história, acrescentando uma pitada de Nordeste ao que ela tem de árida e insólita. Vejam como exemplo a estrofe em que o personagem Gregor Samsa, em um pequeno vislumbre de liberdade, sai de sua angústia física da única maneira que lhe é possível: pela imaginação.

Com cuidado especial,
Deixou a imaginação
Viajar por muitos mares,
Cidade e também sertão.
Comentou: — Não há imposto
Para impedir o meu gosto
De voar na ficção.

Essa releitura é obrigatória para todos os amantes da boa literatura.

QUEM FOI FRANZ KAFKA

Franz Kafka nasceu em Praga, capital da Boêmia, então pertencente ao Império Austro-Húngaro (hoje República Checa), a 3 de julho de 1883. Filho de um comerciante judeu, Kafka, para satisfazer ao pai, com quem tinha uma relação conflituosa, cursou direito. Como escritor, integrou a chamada Escola de Praga, movimento vanguardista que desprezava os preceitos clássicos e investia na ironia.

Publicou o primeiro livro, *Considerações*, em 1913, com pouquíssima repercussão. Em 1914, ano em que se inicia a Primeira Guerra Mundial, foi vítima de grave crise emocional. No ano seguinte, publicaria sua obra mais célebre, *A metamorfose*, escrita em 1912. A temática do indivíduo asfixiado pela sociedade moderna, em meio a um labirinto burocrático e sem chance de redenção, foi explorada em outras obras, notadamente nos romances *O castelo* e *O processo*, publicados postumamente em alemão. Em 1922, pediu ao amigo e guardião de seu espólio Max Brod que destruísse suas cartas e manuscritos, mas este se recusou a fazê-lo. Kafka morreu no dia 3 de junho de 1924, em um sanatório próximo de Klosterneuburg, nas imediações de Viena, capital da Áustria, vítima de insuficiência cardíaca, agravada por uma tuberculose.

QUEM É JOÃO GOMES DE SÁ

João Gomes de Sá nasceu em Água Branca, no sertão alagoano, no dia 9 de maio de 1954, e mora em São Paulo. Em 1977, trabalhou no Museu de Antropologia e Folclore Dr. Théo Brandão, quando conheceu as manifestações de cultura espontânea de seu povo. É por isso que, volta e meia, o que escreve revela influência do folclore da região Nordeste. João Gomes, além de poeta, é dramaturgo e xilógrafo. Além das atividades como professor de Português, dá orientações técnicas sobre o folclore e ministra oficinas sobre cordel. Utilizando elementos da cultura popular escreveu *O auto do Boi Encantado, Canto guerreiro, Meu bem-querer* e os cordéis *A briga de Zé Valente com a Leide Catapora, O Cordel: sua história, seus valores* (com Marco Haurélio), *Alice no País das Maravilhas em cordel* e *A luta de um cavaleiro contra o Bruxo Feiticeiro*. Para a coleção *Clássicos em Cordel* (Nova Alexandria), adaptou também *O Corcunda de Notre-Dame*, de Victor Hugo.

QUEM É SEVERINO RAMOS

Severino Ramos nasceu no município de Areia (PB), no dia 1º de abril de 1963. Começou a cursar desenho industrial na Universidade Federal da Paraíba, mas desistiu para se dedicar exclusivamente às artes plásticas. Radicado em São Paulo desde 1987, expôs sua obras durante muitos anos na Galeria de Arte Brasileira. Ilustrador de livros infantis e folhetos de cordel, seu estilo é uma releitura da xilogravura popular. Seu traço pode ser conferido em obras como *Canudos e a saga de Antônio Conselheiro* (Duna Dueto), de Moreira de Acopiara, e *Contos e fábulas do Brasil* (Nova Alexandria), de Marco Haurélio.

A METAMORFOSE

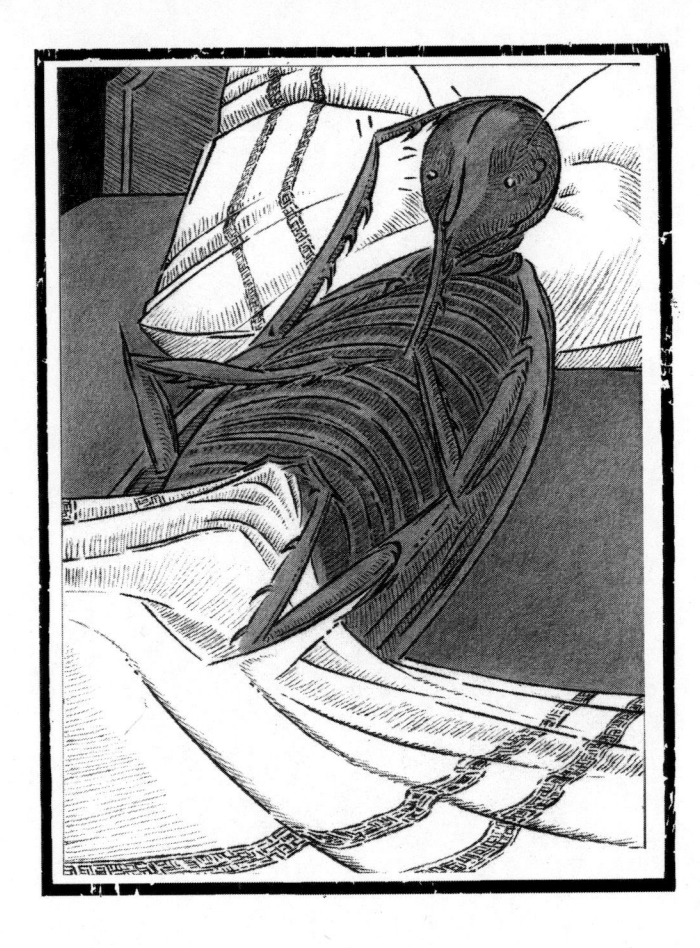

Quando o dia amanheceu
Por demais enevoado,
Gregório Samsa acordou,
Deveras incomodado,
Da cama não levantava
Porquanto seu corpo estava
Totalmente transformado.

Ali na cama pensou
Com muita preocupação:
"Tudo isso é pesadelo,
Perversa imaginação,
Vou me deitar novamente —
Quando acordar, serei gente
E não essa aberração.

Que profissão cansativa,
Remuneração ruim!
Eu vou pedir demissão
Senão será o meu fim!
Mas não faço esse pedido,
Pois tenho compreendido:
Todos dependem de mim!"

O que mais o amedrontava
Não era a claustrofobia,
Nem os fartos comentários
Do povo da freguesia.
Naquela triste manhã,
Quando ele visse a irmã,
Como se comportaria?

De penetrar o medíocre
Nascia a oportunidade,
Ia ver com os seus olhos
Direito e propriedade.
Não estava desgostoso
Por ser inseto asqueroso
Naquela comunidade.

— A minha luta é ser livre,
O caixeiro murmurou.
Para conhecer a vida,
Meu corpo se transformou.
Tenho sonho a conquistar,
Aqui não posso ficar,
Para o mundo agora sou.

Daí a sua revolta
Recorrente a cada instante.
O direito à liberdade,
A propósito tão distante.
Encostou-se na parede
Como se fosse na rede
O caixeiro viajante.

E no canto do seu quarto,
Em completa solidão,
Refletindo a sua vida,
Sucesso e decepção,
Com reservas relembrou
Das coisas que conquistou
Com a sua profissão.

Por onde andou, fez amigos,
Fez seletas amizades,
Seu ofício permitia
Conhecer belas cidades.
Ser caixeiro-viajante
Agora estava distante,
Restaram tantas saudades.

De tudo vendeu um pouco:
Produtos para limpeza,
Papelaria, calçado,
E toalhas para mesa,
Aviamentos, tecido,
Camisa, calça, vestido
E produtos de beleza.

Atendia em domicílio
Com a maior prontidão,
Além de ser o gerente
De controle e de gestão,
Toda contabilidade
Dos armazéns, em verdade,
Fazia com precisão.

Aborrecido lembrou
De toda dedicação
Que dispensou para o chefe,
Seu insensato patrão,
Que o tinha como operário,
Excelente proletário
Cumprindo sua função.

O caixeiro reclamava
Da ausência do bem viver,
Direito às férias, ao ócio,
Principalmente ao lazer.
Todo trabalho cumpria
Contudo não entendia
Porque só tinha dever

Mas sua meditação
Fora logo interrompida:
— Meu senhor, cadê seu filho
Que não voltou para a lida!
O trabalho está parado,
Deveras descontrolado,
Não sei que faço da vida!

O que se passa com ele,
Está enfermo, doente?
Tudo está acumulado
De tanto pedido urgente!
O capital vai baixar
Se ele não for trabalhar
Para atender nossa gente!

Quem ele pensa que é?
Não manda nenhum recado!
O seu salário este mês,
Já mandei, foi cancelado!
Assim só não vai ficar,
Não perde por esperar,
Ele vai ser processado!

Não fico no prejuízo,
Meus direitos vão valer!
Já contratei um jurista
Para o caso resolver...
Não voltarei aqui mais,
O desgaste foi demais,
Espere só para ver!

Era outra vez seu patrão,
Por demais desesperado.
O caixeiro-viajante,
Naquele quarto isolado
Ouvia seu pai dizer:
— Eu nada posso fazer,
Me compreenda, obrigado.

Novamente seu patrão
Desconsolado sumiu.
O caixeiro-viajante,
Depois de tudo que ouviu,
Pelo quarto se arrastou
E se levantar tentou,
Mas de repente caiu.

Com muita dificuldade,
Se arrastou até chegar
À porta ali do seu quarto;
Queria se exercitar.
Tantas perninhas pequenas
E duas belas antenas
Não sabia manejar.

O seu pai inda zeloso
Chegou à porta e bateu:
— Meu filho, vá trabalhar,
Sofremos, sua mãe e eu.
Não fique aí descansado,
Estou muito preocupado,
O que foi que aconteceu?

Ouviu tudo comovido,
Mas estava aliviado,
Pois do maldoso patrão
Tinha agora se livrado;
Na parede se encostou,
As perninhas arrumou,
Dessa vez com mais cuidado.

Com a noite adolescendo,
A lua chegou calada,
A brisa mansa adentrava
Trazendo um som de balada
Àquele quarto sombrio,
Muito sujo e muito frio,
Era cena desbotada.

Enfileirou as perninhas
Com esforço e com cuidado
E subiu pela parede
Até chegar ao telhado;
Por entre os caibros sumiu,
Desse modo conseguiu
Dormir ali sossegado.

Desembestou a notícia
Por tudo quanto é lugar.
O vilarejo todinho
Não parava de falar.
Um pequeno jornaleco
Exposto ali num boteco
Fez questão de publicar:

O caixeiro-viajante
Não quer trabalhar mais, não!
Dizia assim a manchete
Em tom de provocação.
Completava o taberneiro:
— Deve ter muito dinheiro
Ou perdeu toda razão.

O pároco lá na igreja
Discorreu o seu sermão:
— Meus fiéis, nosso caixeiro,
Foi tentado pelo Cão![1]
Na missa não aparece,
Oremos, façamos prece
Pela sua salvação!

O Conselho Distrital
Que fiscaliza a cidade
Organizou ato público
Com toda comunidade.
Queria esclarecimento,
Houve grande ajuntamento
No coreto da cidade.

Alguém dizia: — O caixeiro
Tem que dar explicação.
Como pode, de repente,
Desistir da profissão?
Não pode ficar trancado,
O povo está preocupado
Com a sua decisão!

— Ele será que não sabe
Que trabalhar enobrece?
Que somente desse jeito
Uma nação engrandece?
É dessa forma, senhores,
Que definimos valores
E todo mundo agradece!

---

1. O Diabo.

— Vamos fazer passeata
E invadir o sobrado!
Mas o delegado disse:
— Aqui ninguém tem mandado
E ninguém viola um lar,
Não se pode ignorar
Esse direito sagrado!

Proponho que todo mundo
Procure já entender,
O caixeiro-viajante
Vai um dia esclarecer,
Porque tanto isolamento,
E não é neste momento
Que isso possa acontecer.

Outras pessoas falaram,
Mas o bom senso venceu.
A discussão no coreto,
Na verdade, enfraqueceu
E cada um foi para um lado,
Mas o caixeiro isolado
No quarto permaneceu.

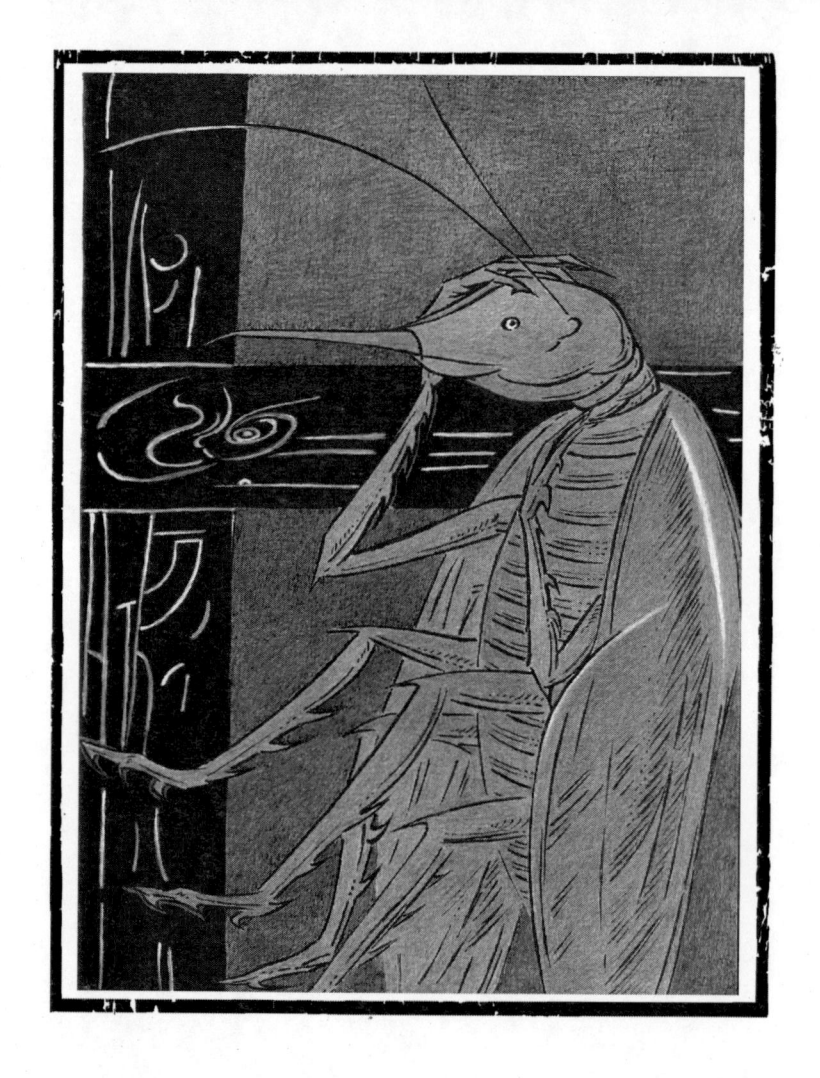

O dia chegou mais cedo,
Radiante, ensolarado.
O caixeiro-viajante
Levantou-se incomodado:
Duas asas, um ferrão,
Era outra transformação
No seu corpo encouraçado.

Deslizou com muito zelo
Do telhado até o chão,
Resto de frutas comeu,
Até migalhas de pão.
Par de asas envernizado,
Era brilho acentuado
No meio da podridão.

— Seu Gregório, abra a porta,
Deixe disso, por favor!
Quero limpar o seu quarto
E trocar o cobertor.
Vou fazer boa faxina,
O senhor nem imagina
O mau cheiro afogador.

A mãe de Gregório ouvia
O pedido da empregada
E logo chamou o filho,
Por demais desesperada:
— Meu filho, tem piedade,
Responda por caridade,
Não fique sem dizer nada!

E Gregório caminhou
Para prestar atenção.
Por entre as gretas da porta
Ouvia a lamentação.
Sua mãe chorava em pranto
E seu pai ali num canto
Não tinha mais reação.

Novamente aconteceu
Intervalo prolongado.
Lamento e preocupação
Invadem todo o sobrado,
Sua mãe retorna à sala,
A empregada se cala,
Silêncio penalizado.

De repente a empregada
Decide então declarar:
— Me perdoe, Senhora Samsa
Não sei assim trabalhar! —
E Grete, irmã do caixeiro,
Em um pranto derradeiro
Desatou logo a chorar.

Apesar de todo choro,
Grete ainda conseguiu
Suplicar naquela hora,
Para a empregada pediu:
— A desgraça vai além
Se contar pra outro alguém
Tudo que aqui você viu.

— Não, Grete, não falarei,
Eu juro não vou contar!
Se por acaso eu contasse,
Quem iria acreditar?
Me perdoe, eu vou embora! —
E saiu naquela hora
Sem mais nada comentar.

Senhor Samsa murmurou:
— Se a coisa fosse sensível,
Pudesse nos entender,
Seria tudo possível.
Comigo não quer falar,
Não dá para suportar
Esse ser indescritível!

Grete também entendeu
Do caso a magnitude,
Porém disse soluçando:
— Espero que tudo mude
E será normalizado. —
Mas seu pai exasperado:
— Você pensa que me ilude?

Que esperança absurda,
Eterna busca do nada!
Minha filha, nossa vida
Também foi modificada!
A coisa horrenda do quarto
É a tragédia-infarto
Brevemente anunciada!

Sua mãe nem cose mais,
Veja que situação!
Inda ontem passou mal
Por conta da depressão!
As dívidas atrasadas
São as noites prolongadas
Dormir não consigo, não!

Todo mundo foi embora:
Inquilinos, faxineira,
A empregada inda há pouco
Foi a vítima derradeira!
Vivemos desgraça séria
Agora só a miséria
Será nossa companheira!

Por um silêncio fatal
A sala foi invadida.
A desgraça obstinada
Encontrou sua guarida.
A ventania lá fora
Insistia sem demora
Prenunciar despedida.

O caixeiro nunca ouvira
Tanta recriminação,
Se dirigiu abatido
Para embaixo do colchão.
— Essa culpabilidade
Será minha, na verdade —
Sussurrou essa questão.

— Se meu papai entendesse,
Eu lhe contava com jeito,
Falava para mamãe,
Com muito amor e respeito,
Isso tudo vai passar,
Amanhã vou trabalhar,
Pois logo estarei refeito.

Eu vou pagar nossas dívidas
Contratar nova empregada
E a máquina de costura
Será de vez consertada.
Amanhã é outro dia,
Regresso da harmonia
Em nossa casa adorada.

Para Grete, minha irmã,
Um presente especial:
Vou fazer sua matrícula
Lá no Liceu Cultural.
E aqui será um canto
Sem discórdias e sem pranto,
Um concerto musical.

E melancolicamente,
Deveras amargurado,
Relembrou o triste dia
No qual foi desafiado.
No quarto seu pai entrou
E furioso berrou:
"Apareça, desgraçado!"

"Revirou todo meu quarto
Com a vassoura na mão,
Derrubou o guarda-roupa
Na imundície do chão.
Inseticida a granel
Jogou em todo papel
E debaixo do colchão.

Naquele dia, confesso,
Fiquei muito amedrontado
Mas perguntei a mim mesmo:
O que cometi de errado?
— Papai, pare! — eu supliquei.
Contudo só escapei,
Pois estava no telhado."

Relembrando aquele dia,
Escapuliu do colchão,
Mais que depressa encontrou
Um lugar de proteção,
Por detrás da sua estante,
Estava mais confiante,
Não tinha medo mais não.

Seu conjunto de perninhas,
Agora mais resistente,
E seu par de asas estava
Com um brilho incandescente,
O ferrão pontiagudo
Também era seu escudo,
Um protetor excelente.

Perguntou, muito ansioso:
— Será que posso voar?
Devido a tanta sujeira
Não pôde nem ensaiar
Um pequeno voo rasteiro
Para ver o quarto inteiro,
Dessa vez com outro olhar.

Com cuidado especial,
Deixou a imaginação
Viajar por muitos mares,
Cidade e também sertão.
Comentou: — Não há imposto
Para impedir o meu gosto
De voar na ficção.

Já que podia voar,
Na Lua cheia pousou,
Gratificado, contente,
São Jorge cumprimentou:
Fez discreta saudação
Para o temível Dragão
E depressa retornou.

Naquela bela viagem,
Sentiu certa liberdade,
Descartou as convenções,
Atos da sociedade,
Que coisificam a vida,
Justiça que é esquecida
Nessa tal modernidade.

Entendeu que o ser humano
É mesquinho, egoísta,
Interesseiro, hipócrita,
A priori calculista,
Alimenta a falsidade
E vive em sociedade
Para adquirir conquista.

Voltou à realidade
Porque ouviu novamente
O Senhor Samsa na sala
Conversar intransigente:
— Esse aí não é meu filho.
Assim não vejo empecilho
Para expulsá-lo urgente!

Grete intempestivamente:
— Isso tudo vai passar!
Querido pai, por favor,
Pare de tanto implicar!
Esse aí, sim, é seu filho,
Apenas segue o seu trilho
Em busca de outro lugar!

— Tudo é um sonho, minha filha,
Ou pesadelo profundo?
Diga que tudo é mentira,
Um conto vil, infecundo.
Ouça agora meu lamento
E chega de sofrimento,
Acorde, já, todo mundo!

— Não faça avaliação
Assim tão precipitada,
Meu pai, tenha paciência!
Eu peço, não diga nada,
Pois cada um faz seu caminho
E um dia deixa seu ninho,
Que foi a sua morada.

Foi uma fala incisiva
Em tom de tudo esquecer.
O caixeiro precisava
De ajuda para viver.
Senhor Samsa se calou
E mais nada comentou,
Conteve seu padecer.

Mas o semblante mostrava
Ponto de interrogação.
Senhor Samsa só queria
Uma clara explicação:
— Aquela coisa esquisita
Que lá no quarto habita
É real ou ficção?

E Grete não respondeu
Àquele questionamento.
Acariciou seu pai
Sem nenhum acanhamento.
E repetiu: — Vai passar,
Logo, logo, vai findar
Esse vil constrangimento.

No velho sofá da sala
Os dois ficaram sentados.
Senhora Samsa acercou-se,
Mas todos inconsolados.
Olhos nadavam em água,
Esqueceram tanta mágoa,
Dormiram bem abraçados.

Com isso Gregório estava
Em plena contradição:
Aquela cena na sala
Inundada de emoção
O deixou incomodado.
Agora para que lado
Ia a sua decisão?

Voltar para o seu trabalho,
Reviver tudo outra vez?
Enfrentar o seu patrão,
Promotor da morbidez?
E ainda pedir desculpa,
Pois tudo foi sua culpa,
Quando usou da lucidez?

Retornaria à mesmice
Daquela vida explorada
Ou cumpria a sua meta
Conforme já programada?
Para a família voltar
Ou bater asas, voar,
Cedinho, de madrugada?

Todavia o antagonismo
Com o caixeiro mexeu,
Mas pouco a pouco passou,
De tarde se escafedeu.
Para o colchão caminhou,
Com cuidado se deitou,
Porém não adormeceu.

Deitado ali recordou:
— Oh, querida irmã, coitada!
Primeira vez que me viu,
Ficou bem desesperada,
Porém no quarto adentrou,
Gentilmente me ajudou,
Apesar de amedrontada.

Eu vi nos seus próprios olhos
Sua total aflição.
Chorando me perguntou:
"Que é isso, pobre meu irmão?"
Contudo, com tanto medo,
Guardou por muito o segredo
Da minha transformação.

Deixou até seu emprego
De auxiliar atendente,
Também seu curso de música
Ela deixou tristemente,
Jaz no quarto o violino,
Parece até clandestino,
Abandonado, indigente.

Apesar do isolamento
Por que passo no sobrado,
Eu sei muito bem que Grete
Sofre como um condenado
Quando vai principalmente
Fazer compras para a gente
Na feirinha do mercado.

O verdureiro pergunta:
"E como está o caixeiro,
Inda trancado no quarto
Todo dia, o dia inteiro?
Ainda é homem normal,
Parece mais animal
Ou inseto sorrateiro?"

O fruteiro também faz
Mais outra insinuação:
"Ele só come verdura,
Parece camaleão
Que sobe pela parede
E, para matar a sede,
Vai beber água no chão!"

A pasteleira emenda
Para a cena completar:
"Mas onde está o caixeiro,
Está na terra ou no ar?
Quem sabe, já criou asas,
Sobrevoa nossas casas,
O seu trabalho é voar!"

Eu sei que Grete supera
A toda provocação,
Em respeito a meu estado,
Não revida nada, não,
Mas chega em casa, cansada,
Chorosa, fragilizada,
Com muita preocupação.

Aquela meiga menina
Que, nas noites de verão,
Tocava no violino
Uma clássica canção,
Expõe sua tez sofrida
Por defender minha vida,
A minha transformação.

Todo final de semana
Grete vive esta mazela
Sendo assim eu fico triste
Pois também sofro com ela
Vexame, humilhação,
E às vezes perseguição
Ecoam do redor dela.

Grete ainda um outro dia,
Apesar da pouca idade,
Enfrentou os inquilinos
Com muita propriedade.
Por neste quarto eu morar,
Queriam denunciar
À local autoridade.

Os inquilinos queriam
Nem as despesas pagar
E Grete disse: — Pois bem,
A polícia eu vou chamar.
Em casa guardo o que quero,
Esse direito eu venero,
Vocês não podem negar!

Este lar não é hotel
E nem tampouco pousada!
E nós fizemos acordo
Para não perguntar nada!
O trato nós aceitamos
Por conta do que passamos,
Não foi conversa fiada!

Um dos inquilinos disse:
— Mesmo assim, vamos partir,
Guardaremos seu segredo,
Daqui nada vai sair.
O que fora combinado
Está valendo, acertado,
Isto nós vamos cumprir.

Com essa coisa mutante
Aqui não dá pra morar!
Se soubéssemos disso antes
Não vínhamos aqui buscar
Um quarto bem asseado.
Mas vejo: fui enganado
Não dá mais para ficar!

E depois do falatório,
Partiram sem direção.
Eu aqui do quarto ouvi
Do meu pai reclamação:
— Mas, Grete, quem lhe mandou
Quem foi que lhe autorizou
A tomar tal decisão?

Foi naquele dia mesmo
Que entendi prontamente.
Grete, a minha irmãzinha,
Não era só complacente:
Assumira a direção
Da casa com precisão,
Atitude inteligente.

Já no dia em que mamãe
Desmaiou quando me viu,
A minha irmãzinha Grete
Com controle reagiu:
Trouxe sossego aparente,
Pouco de paz para gente
Em casa aqui conseguiu.

Meu pai é que não entende
As mudanças dessa vida.
A minha metamorfose
Talvez seja uma saída,
E quem sabe encontro o rumo,
A via correta, o prumo,
O meu ponto de partida.

Se eu ainda pudesse
Do mesmo jeito escrever,
Escreveria uma carta
Para o meu pai entender
Que muito cedo, menino,
Programei o meu destino
Preciso, agora, viver.

Ser tão livre quanto as águas
Que correm no ribeirão
E quando encontram obstáculos
Mudam já de direção;
Chegam onde querem chegar,
Conseguem realizar
A natural vocação.

Quero seguir os meus passos,
Sem rédeas e sem porteiras,
Pois só se vive uma vez
E de diversas maneiras,
Mas, apesar da emoção,
Em briga com a razão
Eu quero cruzar fronteiras.

É o desafio maior
Viver em sociedade,
Pois todos vivem somente
A individualidade,
Sobretudo quando o ter
Se sobrepõe sobre o ser
Assassinando a igualdade.

Dialética, retórica...
É comando principal
Para induzir todo mundo
Ao consumismo geral.
E ser livre é alto preço,
Acredito que mereço,
Mas não tenho capital.

A vida assim continua,
E viva a desconstrução
Dos sonhos que estão presentes,
Mas para bem longe vão,
É uma luta sem glória,
Distante fica a vitória,
E perto a desilusão.

Com muita facilidade,
Dessa vez mais confiante,
Escalou as prateleiras
Da sua bonita estante.
E sobre *Crime e castigo*,[2]
Sem temer qualquer perigo,
Fez belo voo rasante.

Sobrevoou todo o quarto
Visitando cada lado;
Estava muito feliz,
Seguro, gratificado.
Murmurou: — Eu vou embora...
E partiu na mesma hora,
Sem deixar nenhum recado.

Deu um voo pela cidade
Na qual viveu seu inferno,
Lá do céu viu o sobrado,
Seu aconchego materno.
Levou consigo essa imagem
E seguiu sua viagem
Atrás dum mundo fraterno.

---

2. Referência à obra-prima do escritor russo Fiódor Dostoiévski (1821-1881), publicado em 1866.

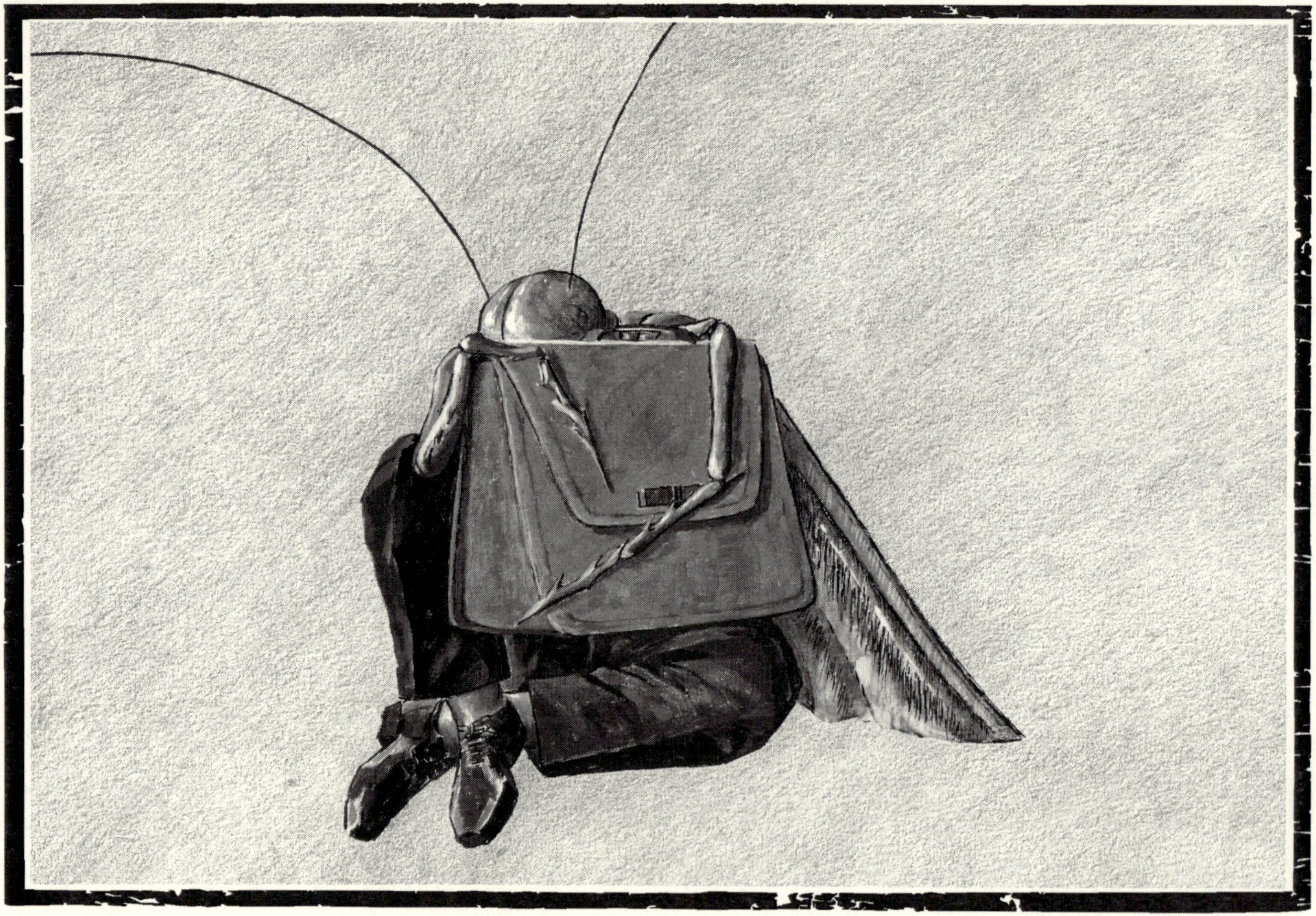

E, na manhã do outro dia,
O sol chegou radiante.
Gregório Samsa voara
Para outro mundo distante.
Sua vida definiu,
De ninguém se despediu
O caixeiro-viajante.

A sua irmã como sempre
Bem cedo foi lhe acordar:
— Gregório, já está na hora
De você se levantar.
O café já está à mesa
Deixe de tanta moleza
Acorde, vá trabalhar!

Fim